SEBASTIAN POLMANS

Unser Tattoo

Gedichte

RADIUS

ISBN 978-3-87173-985-9

Umschlag: André Baumeister
Fotografie auf Seite 110: Hoang Duc Hieu
Auf holz- und säurefreiem Werkdruckpapier gedruckt
Gesamtherstellung: CPI, Clausen & Bosse, Leck
Printed in Germany

Unser Tattoo

Ein unsichtbares Tattoo ist etwas Stilles und Sanftmütiges, das es auch schon immer gab. Alle, die so ein Tattoo tragen, erkennen einander im Vorbeigehen, im Augenblick der Vergebung, in der Verbundenheit den einzelnen Dingen gegenüber und mit allem, was ist – etwa den Vögeln, Delfinen, Eichhörnchen, Blauwalen, kleinen Tieren, Ameisen, Schnecken, Fliegen, dem Unkraut im Rinnstein der Stadt, Kieseln, Menschen, denen man begegnet ist, eben erst, vor Jahren, in einem Traum, und immer schon bei sich selbst.
Ein unsichtbares Tattoo in Gedichtform geht aus von dem, was innerlich betrachtet wird und zu den Formen, den Figuren zurückruft, sodass eine Aufgabe erkennbar wird: nämlich Räume zu öffnen, sie offen zu halten, immer schon, Räume des Friedens und einer Aufmerksamkeit, die die Kinder kommender Generationen mitbedenken, wo etwas ganz Neues entsteht und wo Worte wieder Taten sind.

Egal was ist, ich hab' Dich lieb
und so gern sing' ich das Lied
vom Kommen und vom Gehen,
wie schön, wenn wir uns wiedersehen.
Wir bauen weiter uns ein Nest,
egal wo Du, wo ich auch steck'.
Unsere Hände formen eine Schale.
Es lebe die Liebe, alle Tage

Wir

Unser Tattoo, das ist
der Schatten vom Rauch
aus dem Schornstein.

Niemand wohnt hier,
außer dem Versuch, das Feuer
nicht erlöschen zu lassen.

Ich lad ein,
aber niemand kommt.
Wir sind schon da

Heimweg

Niemand konnte uns hören. Als wir
zum Weltwunder flüchteten, war
ich ein Jahr lang ein träumender Igel,
traurig auch. Unser liebes Buch würde
Erde werden und durch alle Zeiten
die Rosensträucher der Welt düngen.
So war's schon vor der Flucht, die
am Ende nichts als eine Wiederkunft
ist. Ja, die Engel trugen uns Kinder,
Pferde, blinkende Glühwürmchen,
kleine Monster. Sie alle waren lieblich
in ihren Augen. Mit dem Spatz
vor unserem Zelt träumte ich die
Abschiede zusammen. Andersrum
wären wir nie mehr aufgewacht,
könnten den Salamandern keine
Häuser im Weinberg bauen, keine
unerhörten Geschichten erzählen vom
großen Stein und Strom, der wir sind

Kleine Palme

Erst in meiner flachen Hand schlief
die Pantherin ein. Ich versuchte
vieles. Immer war sie zu groß. Als sie
starb, schien die Sonne in die Höhle.
Ich ging ihr bis zum Bauchnabel, und sie
bückte sich zu mir runter und lächelte.

Sie strich mir durch die Haare. Das Muster
unseres Fells ist ein Geschenk, flüsterten
wir uns gegenseitig zu. Ihr linkes Auge zuckte,
und auch mir lief eine Träne die Wange runter.
Im Tröpfchen spiegelte sich eine kleine Palme,
das Kindheitsland am See, unser erster Blick.

Wenn ich eine Faust mache, soll sie Dich bewahren.
Unsere Herzen bleiben offen. Und dann sagten wir:
Siehst Du, wir passen beide durch das Gitter.
Und wir versprachen uns, aufeinander aufzupassen,
auf alle Kinder von gestern, heute und morgen,
die Tiere, Pflanzen, Zaubernüsse und uns

Walnussbaum

Ohne Wurzel pflanzte ich Dich vor Jahren und außer der Alten
lachten alle mich aus. Ich sollte im Herbst an den Knospen
reiben und an meinen Fingerspitzen riechen. Der Duft sei
ein Beleg, wenn das Lachen verstummt, wird sie Sprosse bilden
und schon bald darauf die Zugaben für einen wohltuenden
Wallnussbaumblättertee brauen. In der Fäulnis des ersten
Sommers entzifferten die Alte und ich erst einmal die Botschaft,
auszuhalten. Denn was unsere Herkunft betrifft, besonders
der Gerüche beim Wachsen wegen, unterscheiden wir uns nicht.
Schließlich rauscht in einer Walnuss genauso der Wind. Im zweiten Jahr
dienten ihre Blätterschatten der Amselmutter als Insel. Von dort
aus zählte die Dunkelbraune die Wildgänse bei ihrer Heimkehr.
Es waren mehr als in den letzten Jahren, und auch sie bereitete sich
darauf vor, ihre Kinder willkommen zu heißen. Täglich holte sie sich
unter den Ästen die warmen Zärtlichkeiten des Walnusssegens ab,
bevor es daran ging, ein Nest zu bauen, wie es seit jeher Brauch ist
im Paradies für Vögel im Grenzland. Bis heute haben die Amsel, der
Wallnussbaum und ich eine Vereinbarung, nämlich die Blätter, welche
mittags keinen Schatten werfen, sind für die Menschen bestimmt

Fanpost

Danke für den Tau,
guter Panda, und das
Hebräisch, kleiner Buddha,
meinen Lieblingsverein
mit Deinem Namen,
die Schatten, die Konferenz
der Schafe, den rostbraunen
Mantel, die Natur im Teer,
für den nächsten Flamingo,
das Schwert der Lilie,
Sankt Martin, für die,
die kommen, und die,
die waren, für jedes Spiel,
jeden Pass in den Raum,
und nichts geht verloren

Brombeerstrauch

Die Blüten am Bach, der durch ein Feld fließt.
Ihr sichtbares Weiß verspricht Freundliches,
ohne dass sich das unbemerkte Magenta aufdrängte
und ungefragt Deine Hand griffe. Ihr Ton ist auf sich

abgestimmt, auch die Pfeffernote der Pollenkörner.
Daher meint ihr auskeimendes Bei-Dir-Sein,
Du darfst ihre Blätter als Skorpione erkennen,
deren Stiche nicht töten, sondern Universen auspacken.

Ihr Ehrenwort klingt wie unseres, zweifach,
einfach, und ihre Beerengemeinschaft ist
das Ergebnis einer zeitweisen Zusammenarbeit,
die ein fruchtlebendiges Zuhause verinnerlicht

Gute Nacht-Gedicht

Weicher als Dein Atem sollst Du schlafen.
Todesfugen im Traum als Liebesbeweise
verstehen. Sanftes verbirgt sich hinter
dem schwarzen Schleier der Frau und
in der Kerze vor ihren Füßen. Lausch
einer unserer Geschichten aus dem Urland,
und Du wirst mich nicht mehr fragen,
ob mir langweilig ist, wenn ich von Gräsern
unter freiem Himmel erzähle, von Städten
aus Stroh und Holz, von der Baumwolle
in Deinem Namen, von der Zärtlichkeit
der drei dünnen Finger, mit denen Du
die Stifte hältst und aufmalst, wovor Deine
Geschwister sich manchmal fürchten.
Nun mach's schön, wenn Du ein Monster
umarmst, und schlafe weich und gut heut' Nacht

Über Blaumeisen, Krähen und Katzen

Unsere Tür steht offen, wer anklopft, darf herein.
Auch mit dem Herz in der Hose kommt keiner zu spät.
Trotzdem hören wir's am Atem und wie jemand geht.

Schmerzen und schlechte Laune picken uns Blaumeisen
und Krähen aus den Haaren, und es stellt sich als Samen
neuer Pflanzen heraus. Ihre Nester bauen sie in Zwischenwände.

Auf dem Küchentisch finden wir alles, was wir brauchen.
Nichts geht zur Neige. Alle sind willkommen, in stillen Tagen,
in stillen Nächten, sogar wenn wir nicht einschlafen können.

Wir sind Vorübergehende, so wie die schwarze Katze von nebenan.
Sie hat's uns beigebracht. Wir achten sie. Sie ist uns Mutter, Zauberin,
Schmusegefährtin, Märchenerzählerin, lebendige Wahrheit in einem.

Einmal hab' ich sie gefragt, ob die Menschen keine Handys
mehr bräuchten oder Raketen bauten, würden wir mehr lieben.
Schön, dass Du fragst, sagte sie und leckte ihre Pfote

Anzeige

Suche Hundehütte, am besten
mit natürlichem Ufer, bezahle nur
in Raten und indem ich mich kümmer',
dass nichts zusammenbricht.
Im Grunde tut's auch ein Napf.
Weil Regen können wir ab,
meine Frau und ich. Was soll passieren,
solange das Fell weite Schatten wirft?
Denn da drin ist unser Garten,
dem seit jeher die größte Sorge gilt

Balsam und Fußball

Mit dem Stock, der als Torpfosten dient, schreibst Du das Ergebnis in den Sand. Du machst ein großes Fragezeichen und jeder Finger steht für einen Stern. Dann spuckst Du ins Gebröckel und rührst einen Balsam an, der Milde ist für immer. Es gibt einen Gesang in einer Stadt, die Ihr eigentlich meiden wolltet. Ihr seid beschäftigt mit Hummeln und Schnitzereien und Küssen. Doch wenn das Fell einer Trommel zu zerreißen droht, kann alles sehr schnell gehen. Entsprechend gelang es Euch, in den Wanderpokal eine ewige Rose zu pflanzen, die keine Blicke scheut. Manchmal unter Tränen pfeifen wir unser Lieblingslied und beharrlich auf überflüssigen Ballast in der Kurve. Unseren Geschwistern binden wir einen Strauß aus frischen Blüten. So können sie sich zu ihrer Zeit erinnern

Kastanienknospenzweig

Jetzt blüht ein Zweig wieder auf dem Tisch
der alten Kastanie. Er ist rund und wir sitzen
zusammen. Frauen mit Kopftüchern, Kinder
in allen Farben und Männer mit dicken Bärten.
In ihren Sprachen und vertrauten Augen erfüllte
sich mein Kinderwunsch, erkannt zu werden
und in einem Turm zu hausen, in dem alle Arten
Platz finden. Wie die Kastanie wächst der Turm
sowohl in die Breite als auch in unentdeckte Höhen.
Integration bedeutet, hier am Tisch Platz zu nehmen,
wo wir mit den Händen essen, um gemeinsam
die wahre Funktion von Messer, Gabel und Löffel
zu erforschen und warum mittlerweile hellblaue
Schmetterlinge sich mit den Winterwolken bewegen,
die wir ausatmen. Zur Regenzeit sammeln sie
sich dachziegelartig an den Kastanienzweigen.
Die Knospen lassen sie frei. Und auch wir
fassen uns an den Händen und atmen wieder auf

Papier

Die Figur steht nicht
von alleine, ein Knick
ist nötig, zwei Arme
und zwei Beine, Herzen
und jener Wind,
der Fragen stellt,
um alles so zu lassen,
wie es ist. Als seien wir
damit gemeint

Bitte an die Homies

Halte Deine Trommel stolz vor dem Bauch.
Sehen wird Dich niemand, hören noch eher die
Maulwürfe und Tauben. Solange Du schlägst bei Gefahr,
kann nichts passieren. Denn das Fell Deiner Trommel
ist weich. Wenn die Sonne versinkt, zeige den Anderen,
wie Du Dich in die Äste legst, die Krone der Kastanie
Deine wird. Es geht bloß darum, Kind der Erde zu sein,
also darum, dass Dich jemand so gesehen hat vor der Fällung,
wegen der Kleebeete. Danach spring in einen See, und
sei sicher, Sonne und Mond fallen niemals mehr herunter

Kindheitstraum

Niemand, siehst Du?
Auch Indianer umarmen
ihren Teddybär wieder
und wachen vor seinem Zelt.
Niemand, frag' nur.
Ich erzähl' Dir alles

Schwesterchen und Brüderchen

In Schlafanzügen im Doppelbett,
diese Lücke war entscheidend,
jene zwischen zwei Menschen
und genauer, der Nacht.

Auf der Suche wurden wir
erst dort Geschwister.
Verloren blieben wir
niemals, keine Sekunde.

Stets gab's Jalousien und
weitere Beschützer: Ein kleiner
Bär, drei Goldfische, etliche Schwalben
und ein fast weißer Hirsch.

Der Blick mit zuen Augen bleibt
und geht auf die Insel im Meer. Woher
wir genau kommen, eine Ahnung,
in Deinen Augen sehe ich das Land.

In meiner Hand sitzt der kleine Bär
und hält ein Teelicht in der Tatze,
weil Freunde, Licht und Liebe,
so was brauchen wir sehr

Es gibt sie

Vom Drachenrücken ist's nur ein Steinwurf
bis nach Antarktika, wo manche ihr Herz verloren,
um's anderswo wiederzufinden. Wir nehmen
unseren Schal und legen das Bund mit den Schlüsseln
auf die Fußmatte. Unser Haus bleibt unser Haus.

Im Garten fliegt eine Wildbiene eine Strecke von hier
nach da, wo es manchmal noch etwas kalt ist. Lasst das
Feuer drin, bitten wir täglich, gute Mutter, liebe Erde,
die wir seit unserem ersten Tag in jedem Brief erwähnen.
Wusstest Du, dass eine große Liebe sich nie stören lässt?

Wegen Mathe und Weltretten wollten wir sitzenbleiben.
Die Lehre tat etwas weh und Wunden juckten. Doch alle
konnten es sehen auf der Erde, in den Wolken, als Realität,
so wie ein Regenbogen uns als hoffnungsstiftende Tatsache dient.
Wir verstanden das Assoziativgesetz als das Gesetz der Erde.

Jetzt ist die Flamme einer Kerze Beweis genug, dass es Drachen gibt.
Noch schicken die Wetterstationen Notlügen und manche Männer fürchten sich
vor dem, was kommt, obwohl es längst da ist. Müssen ihre
Batterien erst leer sein, damit sie wieder den Drachen vertrauen?
Sonst taucht sowieso alles in Kreisen der Vertrautesten wieder auf

Montsegur

Zuerst war da ein kleines Tor, vor
dem hügelaufwärts vier Schwellen lagen.
Weiter links breiteten wir tausend Jahre
später mit aufsteigendem Rauch unsere Flügel
aus und ließen einige verpackte Kartons
zurück, fürs Wiederkommen. Es war
ein Umzug wie jeder andere, und eine
Art Lehre darüber, dass allerlei Fluch
stets als Vorspiel reinen Segens gilt.

Die Erde zu lieben heißt, Federschmuck
zu verschenken, weil unser Schöpfer alles
nachwachsen lässt, zu jeder Zeit
an jedem Ort. Ankommen bedeutet
folglich, was auch immer kommen mag,
lass uns barmherzig zueinander sein.
Lass uns kämpfen – in unsere Sprache
von den Hügeln der Zwillinge übertragen
meint das nichts als dauerndes Bewahren

Die alten Indianer

Wegen der Luft sind wir uns nah, lieber Leo,
Deine letzte Träne war ein Tropfen des Nils.
Sie ging über auf meine Hand, als Erinnerungsstück
der Familie. Die stammt aus dem Land von Ur.
Du konntest so schön traurig sein und überleben.
Unsere Freude darüber war riesengroß, und Du
sorgtest Dich um den Orientarauch in Schränken,
den Duft von Schlehen. Trotzdem blieb für Dich
bis zuletzt ungewiss, ob der indische Mond derselbe
war wie der von heute und wie jener, der Dir half,
als Du den Nil durchschwammst. Wenn nichts
von Dauer ist, Ihr seid's, Dein Knopfakkordeon
und Eure Maulkörbe, aus denen Ihr kleine Geschenke
zaubertet, Biergläser, Minitrompeten aus Plastik,
getrocknete Datteln, Kartenspiele, Fallschirmpilze
und holländisches Lakritz. Wir staunen und kauen,
lassen alles los, bis uns nichts mehr gehört, so wie
Euer Erzählen. Eure Treffer landeten in die Winkeln
der Glückseligkeit, wenige Sekunden, für die Ihr Euch
Wochen vorher betäubtet, jeder für sich in seiner Garage,
meinem Camp Nou. Wenn ich heute die kleine Wolke
beobachte, weiß ich, wie hoch das Leder in Ägypten
flog, dass es Thermik gab und warum Du im Schlamm
stecken bliebst und die alten Indianer, Dein Stamm,
Dich fanden. Und das Klingeln, das ist der Wecker, im
Schrank, das ist unsere Melodie, der Meridian Migdals,
lieber Leo, jetzt weißt Du, dass wir Flügel haben

Lieber Kiesel

Auf der Suche nach Wärmeströmen
goss es wie aus Kieseln vom Himmel.
Einer wusste einen anderen zu erweichen.
Wunden blieben aus. Wir rieben uns trotzdem
die Stirn und Hände und Füße, lieber Kiesel.
Wenn was ist, ich frage auch die Flamingos.
Ihr feines Horn schneidet manchmal ins Ohr.
Es tut nicht weh. Sie flüstern nur, wir sollen
Ausschau halten, nach ihnen, nach uns.
Über das Rauschen der vergangenen Minuten
verlor ich mein Zeitgefühl und trotzdem, die Reste
in meinem Taschen waren wieder zu Kieseln
geworden, die ich weitergab an Andere

Mein Vater, die Pfirsiche

Statt zu trinken, stundenlanges Spielen
unter den Reben, wenn es schneit,
warten auf Luftbläschen im Weinballon.
Deren Schatten ist Gedächtnis. Nur
woran erinnert Ihr Euch noch, und wie?
An unseren Vater, die Pfirsiche, die weiter
um den Baum liegen, als sie fallen können?
Und ja, es ist dauernd anders, junges Licht
fällt wieder. Und die Reifezeit kennt nur noch
Sekunden, mit denen wir vorausgehen

Das Lied von den einfachen Trauben

Brüderchen, heißt es, die Trauben verwahren
nachts die Tränen aus dem Wimpernschoß,
die blauen, weshalb wir niemals Mangel litten.
Weinte ich, etwa als der Hausmeister starb,
unser Kakaohüter, Wüstenfuchs und Flugbereiter,
kam ich zum Stock und pflückte pro Träne eine
und eine auf Vorrat für die, die nach mir kommen.

Und trink ich Wein allein, Schwesterchen,
sing' ich nur das eine Lied. Es handelt
von den einfachen Trauben, denen nichts
passiert, von uns, und niemand sonst ist da,
wo wir noch nie waren, außer Bruchpiloten,
Analphabeten, Sanftmütige, Traurige, wer will.
Es ist einfach, als allererstes möcht' ich einfach sein

Unser Esel

Das Jahr der Autobahn,
sagten sie, weil wir nichts
wissen konnten von Maßnahmen,
oder so taten. Gegen Zäune
lehnten Schaufeln und Mützen.
Dampfwalzen knüpften einen
Flickenteppich fürs Dorf.
Und wir auf der Kirsche
hielten uns gegenseitig
die Ohren zu und lauschten
und erinnerten uns an die Rufe
des Esels. Dann nahmen wir
Abschied vom Staunen über
die Bagger und fingen an

Die Sammlung unserer Großmutter

Die anderen im Dorf wieder motivieren,
zum Schnee aufheben, Sammlungen
anlegen für die Enkel. Nicht nur
das Gesicht in die Truhe halten,
sondern nach draußen gehen,
auch bei warmem Wetter,
warme Gedanken haben, das heißt,
niemanden vergessen, wie unsere
Großmutter, die nachts nicht schläft,
sondern betet, dass all ihre Kinder
einschlafen mögen. Erst wenn das
letzte Kind schläft, tut sie's. Sie sagt:
Das große Erwachen ist wie das große
Einschlafen – am Anfang steht die Leere.
Wenn im Westen der Dämmerhimmel
rot ist, das ist sie mit all ihren Freunden
und der Wunsch, die Plätzchen aus der
Küche bis nach Südafrika zu bringen.
Ihre Hände kenne ich nicht kalt, ihre
schleichenden Schritte sind lehrreich
für uns junge Indianer und alle, die jene
lauten Jahre anders verbracht haben.
Ihr Vater kam von überall, andere
Schlüsse zu ziehen fällt schwer, wie
jeder Anfang, etwa der Bau eines Nests,
wenn niemand mehr teilt. Doch dann
flüstert sie: Seht Ihr nicht, die Kiesel
in der Pfütze, in der Tüte die trockenen
Trauben, Deine Augen, das ist der Beweis,
dass wir für immer an Euch glauben

Gebet für die unsichtbaren Tiere

Eines Morgens, zu Deiner
schön farblosen Zeit,
vertrau' Deinem Eisbär,
von nie geahnter Größe,
Esel, Igel, Deiner Schildkröte,
die der Herrlichsten in die Arme wandert,
den Melodien der Friedenspfeifer,
dem Herz Deiner Strickliesel. Nicht aufgeben,
bedeuten sie Dir. Sie alle haben Flügel.
Du darfst ihnen Deine Spuren schenken.
Denn die Ameisen tragen Deine Schritte.
Oder glaubtest Du, von Dir aus
lerntest Du zu gehen? Die Abdrücke
im Sand stammen von Dir?
Da wäre nichts, ohne die unsichtbaren
Tiere. Nacht wäre nicht Nacht.
Und vermutlich wüsstest Du
gar nicht, dass es Dich gibt,
hättest kein Gebet der Welt erdacht

Unterwegs

Kurz vorher lief ich davon,
um wieder heimzukehren.
Dass ich laufen lernte,
sorgte für den Ausriss. Mein Ziel,
die Baustellen, wo am Grund
die Erbsen platzten und ich
zum ersten Mal mein Danke
gegen Holz klopfen konnte.

Heute sammle ich kleine Steine
für meine Vorbilder, den Bagger,
kleine Pflanzen, meine Schwester.
Unterwegs gehen Sachen zu Bruch,
die ich mit zur Grenze schleppe.
Schranken fehlen mittlerweile.
Der Regenbogen ist begehbar.
Und ich halte noch jedesmal an.

Es dauert Sekunden, und wir setzen
die Scherben zu anderen Tempeln
zusammen, die den Höhlen der
Hasen ähneln, Maulwurfshügeln
und Fußballplätzen. Alles was Du
willst und weil die Zeit neu ist,
brauchst Du nicht mehr zu warten.
Erinnere Dich einfach an Tu-Worte

Mein Cousin, die Elster und ich

Erwachsen wird jeder anders. Mein Cousin
steckte seine Kindheit in ein Holzgewehr.
Er zielte auf eine Elster, die zum Glück
nichts auf mein Zureden gab und in die
andere Richtung davonflog. Ich hab' mich
manchmal vertan, zum Beispiel mit dem
lyrischen Ich, das im Grunde ein Wir ist.
Jedenfalls hielt mein Cousin Körner und Schrot
in der Hand. Das waren alle Geheimnisse.
So bestellen wir unseren Garten und erinnern
vergessene Vokabeln und erzählen uns, wie
es seit jeher in Wirklichkeit gewesen sein wird

Liebeslied

Beim Luftholen der Goldfische
las ich die Geschichte Deiner
anderen Großmutter im Wasser.

Ihre Wanderung über das Eis
hatte Dich mitbedacht und
so schlichen auch wir einmal

mutig über den Weiher der Heide.
An derselben Uferstelle versuchte ich Dir
nach der Schmelze, etwas zu zeigen.

Komm, flüsterte ich, und Du gingst

Sonate vom Waschbär

In der Heizung spielte die liebe Göttin.
Ihre Tropfsonate klang vom Rhythmus her
wie das Herz des alten Waschbärs, stiller Zink,
Ritze auf Ritze im Schuppen des Nachbarn,
der Esel, auch ein Bär, wie bei meiner Geburt.

Am Morgen wusch ich mein Gesicht
in der Teppichpfütze, meine Ohren
und schaute mich an, nicht für den Tag,
für die Mückenfische, im selben Wasser.

Meine Liebe blieb und der Umweg
über ein paar Sterne zu Dir, zum Moment.
Was haben die drei Flecken der Islas Marías
mit Dir zu tun, guter Waschbär? Ja, ich weiß.
Aber warum können sie nicht sprechen?

Wieso lassen sie die Erde Blut weinen?
Daraufhin lächelt der Mond in die Augen
vom Waschbär und der Gute murmelt aus dem
Klatschmohnbeet: Keine Angst, ich bin da

Halsbandsittiche aus Köln

Während des Verschwindens der Wasserfarben
sind die Vögel die Landschaftsmaler, etwa jene
Halsbandsittiche aus Köln. Aus ihrem Schnabel
zaubern sie die Wacholderheide, mit ihren grünen
Flügeln zeigen sie Wege auf. Alles steht auf dem
Bild in Blüte, sogar die Namen der Spaziergänger,
die mit ihren Schritten ein letztes Mal versuchen
zu verwischen, was uns seit jeher Spiel, Satz und Sieg
gewesen ist. Jetzt versuchen wir das Bild irgendwie
zu übertragen. So sind die Vögel unsere Schöpfer

Frankreich

Irgendwann wird die Fremde verstehen.
Solange wiederhole ich unser Heimatgedicht,
mit dem wir im Süden Frankreichs landeten.
Die Feuervögel nahmen nun Gestalt an.
Schon im Honigland erzählte unser Cousin,
so einfach geht die Sache mit den Wundern.

Ich sehe was, das Du nicht siehst ist ein Spiel,
bei dem die Welt zuweilen wegschaut. So wie Du
am Tag des Labyrinths, in dem alle Wege zum Ziel
führen. Aus dem Faden der Ariadne hat Deine Mutter
mir eine Mütze gestrickt, die mich wärmt im Winter,
so wie dunkelste Höhlen, so wie Tränen, die sehen.

Haargenau und froh erinnere ich Eure Sprüche
aus der Küche und die Rauchzeichen im Neujahrsfeuer:
Ein Mensch geht raus ins freundliche Leben

Jeanne, Sterne und andere Sachen

Sterne und Monde, Sticker kleben
auf der grauen Tonne und ein paar Wolken
am Himmel. Danke, liebe Jeanne.

In manchen Städten geh' ich umher, und
es fühlt sich an, als vermisste ich nicht
nur Dich, sondern noch Euch alle.

Die Tage sind so, rein und ungewaschen,
wenn Du im Spätsommer bloßfüßig
über die Gummistiefel stolperst.

Es bemerken allenfalls die Krähen,
die jubelnd über die Dächer fliegen.
Warum sie sich vergessen lassen?

Nachts leuchtet nämlich immer irgendwas,
und wir legen uns schlafen in Krümeln,
um mit denen, die wir lieben, ins Gras zu fallen.

Stimmen, die den Tag zu bereden verlernt haben,
bringen wir Dialekte bei, eine Mischung aus Oliven,
Schwertlilien und Rosmarin, Okzitanien sowie Hebräisch.

Auf dem Rücken liegend vergleichen wir den Himmel
mit unserer Haut und danken der Erde. Da gibt's einfach
keinen Unterschied, Papa, alles ist da, ja, liebe Mama

Im jungen Schatten

Unser Lohn ist das, was wir in Händen halten,
ein Dach und ein Bett, Holunderbeeren, das Beobachten
von Bachflohkrebsen im Herbst, Deine Augen, mein Schoß,
sind schön. Fragen sind nach wie vor übergeblieben, etwa
wo die Luft zum Atmen herkommt und wer den Menschen erfand.
Jedenfalls fliegt von neuem die Taube über unseren Köpfen.
Und wer nachkommt, zählt nicht der die Schafe, die Wolken, jede für sich,
stolpert absichtslos über Steppen, fragt das Laub, wie's ist, im
jungen Schatten unterwegs zu sein, die Schäferin, wie's ihren Hunden
geht, die Prinzessin, von der alle Herzen wissen? Wer nachkommt,
kommt der woanders hin? Die Sternblume im Frühling antwortet:
Es soll leicht sein für Euch, bloßfüßig die Stufen zu ertasten.
Ansonsten steht überall geschrieben, dass in Triebwerkswelten
Quellen pulsen und jede Pflanze ihre beiden Hochblätter zeigt

Liebesgeschichte für alle

Kaum sichtbar im Licht
sucht der Schein der Laterne
nach einer Regung.

Und Rotkehlchen und Hasen
singen für Dich und all die
Astronauten, die nicht schauten

Silvester

Neu sollten die Spuren
sich zeigen, zuletzt
klebten wir fest.

Dann ließ sich mein Rucksack
über die Alpen schmeißen,
und wir begegneten uns.

Noch ein Wurf und mein letzter
Chinaböller hallt im Tunnel,
auf ein Wiedersehen,

so ging das Jahr zu Ende

Brief an das neue Jahr

Dort, wo die Erdplatten
aufeinandertreffen, dort
gibt es die Wirklichkeit
über jedes kommende Jahr.

Aber keiner braucht wissen,
woher der Wind kommt
und wohin er geht, wenn er weht
und wir ihn sausen hören.

Er lässt uns nicken zum Rhythmus,
faltet die geborgten Landschaften auf
und Bodenschätze wie Löwenzahn. Schwach
darfst Du Dich zeigen und wirst geliebt.

Die Sonne verspricht, dass unser Spaten
mit dem Eisen nach oben Wurzeln
schlagen wird. Und im übernächsten Jahr
blühen Lampions und Lianen.

Wir klettern und schaukeln. Danach
ist eine Ernte erwartbar von Früchten allerart,
auch faulen, aus denen wir Kompott bereiten.
Meine Cousine und ich nicken uns zu.

P.S.: Im Haselnussbaum fing Onkels
Herz zu heilen an, ganz ohne Salben.
Schlicht, ein Schuss, ein Blick, ein Tor.
Denn die Engel feiern sowieso

Unsere Namen

Der Tag ist vorbei,
aber nicht endlich, nur neu.
In meiner Hand fühle ich die der anderen,
und noch etwas ist wünschenswert:
Weil solange wir wach bleiben,
gibt es Sterne, Erdferkel und Blumen.
Ich meine, der Schlaf ist immer ausreichend,
um sich zu begegnen. Ein Plan für Morgen:
Meiner Schwester von den Augen erzählen.
Wir sind im Namen der Liebe gemacht.
Unsere Herzen bewahren die Sterne,
auch die Erde, kennen Würmer wie Schwalben.
Wenn Du also meinen Namen vergisst,
geht das nicht, weil meiner ist Deiner.
Wir erinnern uns an uns selbst.
Unsere Namen sind für immer

Belgien

Traurigkeit, Fritten, Freude, Honig, wir sind da, wo die
Schwäche keine Stärke mehr provoziert, enstehen Lieder,
die täglich auf Frequenzen laufen, die Du selber wählst.

Heute sitzen Leute im Stau, beim Frühstück, im Sand,
und basteln weiter an der Welt mit einer
fröhlichen Botschaft aus Mus, Schlichtheit und Goldlack.

Wenn wir etwas schenken, liegt es im Blicken.
Mit wem wir uns identifizieren? Salz? Pusteblumen? Nachtfaltern?
Tagpflückern? Ewigblühern? Rosenkugeln? Anfängern?

Ich kenn' die Rose, ich kenn' das Blut dieser Rose.
Deshalb weine ich und kann zornig sein, wie ein Zündholz
im Wind. Ah! Da! Du schmunzelst, wenn Du über uns lachst

Das Krüglein

Also, manchmal treffe ich etwas,
dann bin ich froh. Wenn ich nichts treffe,
bin ich auch froh. Dann ist da etwas
sehr Kleines, und ich hebe es auf, so wie
gestern. Da sagte ich zu Dir: Die Liebe
ist ein Kind aus dem Land, wo das
Krüglein steht, wo Du leben kannst

Mein Kumpel und die Cherubs

Das Nein nicht mehr sprechen zu müssen
lernte ich von meinem Kumpel mit dem Hasenfuß,
der mir auf die Schulter tippte mit seinen Flügeln.

Unsere Brillen waren nicht immer sauber. So
wurden wir zu Kameraleuten in unserem
Mutterland und blieben von allem verschont.

Unser Rhythmus war prima. Wir planten Filme,
als sie liefen, erfanden Geschichten über die neue Luft,
erklärten Kindern die Schönheit der Schatten im Dorf.

Es kostete uns nichts. Wir leben neben der Zeit,
sodass es für uns bestimmte Sachen nicht gibt, etwa, zu spät,
Langeweile und eine Erde ohne Engel.

Unsere Skateboards dienten uns zum Schmuggeln für die Logik
der Cherubs und um Tricks zu stehen. Sie sehen aus wie sie.
Möge ihr Gesang auf aller Erden willkommen sein

Umarmen

Das Hinziehen des Morgens
stellt sich wieder ein,
nämlich als das Lindern
jeglichen Redens im bleichen Tag.
Ungeboren gaben wir uns.
Denn am Abend wollte ich
von den Schritten der Indianerkäfer
wissen, jedem einzelnen, mit dem ich
in den Matsch trat. So plane ich
die Umarmung vor dem Einschlafen

Niederrhein und weitere Galaxien

Vor uns jemand mit krummen Rücken,
der die Alpen sind oder umgekehrt.
Jedenfalls ähneln unsere massiven
Kindsköpfe jenen der Erdnuss.
Im Augenblick sind wir zu viert,
lieben den Fluß von Schwalm, Nette
und Nil, an deren Ufern wir spazieren.
An einem runden Tisch zu sitzen
heißt auch, unter der Platte zu picknicken,
wo wir nicht übers Berühren hinausgehen
und die Fliegen uns anstarren, ohne zu blinzeln.
Woraufhin wir ins Staunen geraten, zuerst
Sterne entdecken, dann den Frieden, die Heimat

Jahre im Liegen

Aufstehen tut jeder anders,
irgendwann, wieder und wieder.
Etwa nach Jahren im Liegen,
in denen Wünsche Dir nicht helfen
als Wirklichkeit, die Dir keiner
beschreiben darf, außer solchen Sachen
wie die Träne, die Du vom Kissen
in den Schnee schnipst, die Dohle
in Deiner Hand, die mit Dir gemeinsam
die Augen schließt, oder auf dem Dach
der Fußball, der Dir alle Jahreszeiten
beschreibt in seinem Ventil und Dir stets
einen anderen Umweg durch den Grenzwald
zeigt, den Du am Himmel und
in Deiner Hand nachlesen kannst.
Die Einbildung, dass Du laufen kannst,
hilft Dir auf die Beine und das Draußen
bleiben am Rand, wo eine neue Mitte entsteht,
die keine und keinen mehr ausschließt

Interview mit einem Stern

Worte mit Herz, herumwandern
mit offenen Armen, Reime, die
schmierig sind, im Dreck wühlen,
heißes Wasser trinken, Tücher
von der Leine nehmen, durch die
Du gehst, das Ohr an Baumstämme
halten, die Herkunft beobachten,
etwa die Plejaden, wo frische
Milch und Honig fließen. Meinen
Kopf schütteln, weil das der Wind
dahinter ist, die Arme verschränken
aus Liebe zu Dir, eine Brücke bauen,
die ihre Pfeiler aus unendlich teilbaren
Pfannkuchen und Pausenbroten schöpft,
Larven im Holz beobachten, als Zeichen,
dass alles gut wird, seit langem, jene
Krümel vom Tischtuch schütteln, damit
die Rotkehlchen knobeln um das,
was intakt ist für ein weiteres Lied.
Im Schlaf sprechen, Sätze wie: Ja, ich will

Mama, Roma, unser Drache

Ich hatte einen Traum: Salbei aus Jerusalem wächst in meinem Garten,
Wildbienen summen, Duft von Asche und neuem Lehm, in der Stadt
blühen rosa Sträucher und mittendrin ein bunter Dom aus Legosteinen.
Nichts geht hinein. Der Dom ist klein und groß genug für alles, was lebt.

So was, bunte Lilien und eine wahre Geschichte hätten uns
genügt fürs Wiederkommen. Ansonsten waren da ein Polster, als Eiland,
und mein Schweigen vor dem Verschwinden, wie das Ankommen,
weil beim Anfliegen nur die Alpen sichtbar waren, dann ein kleiner Bach,
wo ich einen Mann und eine Frau was fragte. Engel verkörperten Folgendes:
Sie war allein, er noch mehr, und sie liebten sich, wie Tauben im Feld.

Nun haben wir alles: Roma bedeutet übrigens Mensch. Alle Wege führen
dorthin. Eine ewige Stadt im Herzen baut sich wie von selbst. Wir
brauchen dafür bloß Freude, Tränen, Winde, Holz, Taten, Ameisen,
Wasser und Sehnsucht. Ja, alles ist da, und am kleinen Bach ruh' ich aus.

Was wir tun können? Uns gegenseitig an Indianerehrenworte erinnern,
etwa, jenen Drachen steigen zu lassen, der alle Farben kennt und noch
mehr, sodass alle Welt ihn sieht, auch die, die nicht hingucken. Meiner
fliegt von allein, und stets spüre ich seinen Schatten da, wo ich bin,
Eure Liebe. Wie schön, Schwester, dass es Dich gibt, mein Bruder, dass
Sterne noch Licht haben, nichts verloren ist, liebe Erde, Du uns trägst

Holland

In den Brunnen der Milchstraße zu springen
war ein dankbares Tauschgeschäft. Denn so
konnten sich unerkannte Wolken zeigen,
gemalt von unseren Eltern, im Himmel, auf der Erde.
Sie leben dort in einem Gewand aus Stoff
und einem Haus aus bedingungsloser Liebe.
Viele Pflanzen wachsen in ihrem Schoß. Zäune
und Mauern gibt es nicht. Deshalb vergesse ich
manchmal, die Wohnungstür zu schließen.

Einmal war's still hinter unseren Tagen, und ein
Ast vom Nussbaum wuchs über der Schnellstraße,
legte sich auf meine Schulter und fing an zu erzählen:
Da, während sie wegschaute, zog der Silberreiher
im Gleitflug zum Teich, wo gestern die allerletzten
Winterahnen hausten. Nun konnten auch die Frösche
mit unserer Hilfe heimkehren. So wurden wir Königskinder
mit einer kleinen Aufgabe, jener Wahrheit für die Welt,
und dem Talent, von Sonne zu Sonne zu hüpfen

Mission in der Mittagspause

Die Mission von heute Mittag,
den Pollenflug festhalten, um
weiterzugehen, den Anderen,

der Einen, das Wiederkommen
als was Leichtes in den Rucksack
legen, den Strohhalm Stroh sein

lassen, sowas wäre Verwandlung

Etymologie der Kinder

Hörst Du die Wurzeln vom Gras
im Geräusch von Dieselmotoren,
genügt es, dass ein paar Segen bleiben.
Und wir hüten zusammen die Funken.

Meine Worte sind von einem Holzweg
in den Teich gesprungen, in dem Sterne
wachsen. Es wird kein Zurück mehr geboren
nach dahin, wo Kinder sich fürchten müssen.

Die, die uns helfen sollten, halfen uns nicht,
und die, die uns nicht halfen, halfen uns. So
sind wir füreinander da. Und kein Wort wird
sterben, das in der Etymologie der Kinder steht.

Wenn etwas vom Himmel kommt, geht es durch
und durch, und es kommt oft vor, dass mein Herz
mit dem der Erde spricht, um die Pulse zu übersetzen
in Räume, Rezepte für Plätzchen, Medizin und Taten

Der letzte sanfte Wal

Den Mythos in der Heide besuchen,
nur die anderen Augen brauchst Du,
dass Du Dich sanft zeigen darfst.

Im benachbarten Sumpf wohnst Du nicht,
sondern im Gesang. Und geduldig wirst Du
erst im Versinken und im Echo.

Du glaubst, Du bist träge, schau,
dahinten über den Dächern zum Beispiel
sind Fontänen erinnerter Quellen,

der letzte sanfte Wal. Das ist unser Auftauchen

Inupiat

Die Inupiat am Nordpol haben
viele Wörter für Schnee, keins für Krieg.

Ich selbst suchte im Wald statt in der Beringstraße
ein Bild vom Schmerz, um nicht zu erfrieren,

und fand etwas, das nachher nicht mehr so weh tat.
So kann's wärmer werden in der kältesten Kälte.

Meine Klassenlehrerin glich dem Himmel für
unerzählte Geschichten, der Schrift in der Pfütze.

So atme ich ein wenig im Land der Möglichkeiten, auf
dem Rücken des Kondors, dass es barmherzig wird

Weltreise

Eins meiner schönsten Erlebnisse
während meiner Reise um die Welt?
Auf einem Campingplatz an der Maas
lernte ich einen alten König kennen.
Er briet Spiegelei für seine Frau, die Königin

Schulzeit

Vorige Woche haben wir
den Puls der Gräser bemerkt.
Jeder Schlag holt woanders aus
und geht woanders hin, etwa
vom Fußball mit den Unterschriften,
von der zerbrochenen Quitte
auf dem Pflasterweg zu Dir.

Wir lernen nichts mehr gegen
unsere Wünsche und tauschen
Wunden für Vertrauen ein.
Wir stehen so stets dazwischen
und bekommen heimlich
Förderstunden im Seiltanz.
Und etwas fällt uns ein:

Schon in der Grundschule
glaubten wir, jeder Halm
hat sein eigenes Herz
für Vergebung und Dank

Zweige im Advent

Ließest Du Dir die Angst von der Schulter
pusten? Würdest Du den Septemberwind spüren,
jenen Atem aus den Äckern der Sterne?

Mit welchen Ohren hörtest Du
mir zu, als ich davon erzählte, worüber
ich vorher nicht sprechen konnte?

Als Du unsere Stockrose aufgabst,
dankte ich den Blüten und übergab die Zweige
dem Kompost für bedingungslose Liebe.

Seit jeher sind wir alle füreinander gemacht,
auch als wir niederrheinische Kirschkerne bis ans Ufer
des See Genezareths spuckten, wo sie heute wachsen

im guten, alten Garten unserer Urgroßmutter, immer wieder

Postkarte

Die Nachttischlampe,
Eure Hefte altern.

Ob Dein Gesicht der
Ewigkeit etwas ausmacht?

Gewiss bedeuten die Federn
hinter Dir irgendwas Neues.

Sag, bitte, wo wohnst Du jetzt?
Stimmt Deine Adresse noch

Kleines Geschenk

Auf meinem Schulterblatt, von Dir aus rechts,
landete eine Mücke und stach nicht.
Ein Falter flog vorüber, ohne Flügelschlag.
Das Schöne in der Welt ist messbar
mit Instrumenten aus Wachs und Schnee,
wenn die Sonne und der Mond sich
umarmen und wir ein Fest feiern,
wo Frost und Freude beieinander sitzen

Kuss

Wenn ich wütend bin,
baue ich einen Stuhl
und spiele Fußball.

Wenn Du mich schlägst,
zieh ich mich nackt aus,
und meine Flügel leuchten.

Nichts geht über einen Kuss
und das Gedächtnis, aus dem wir
stammen, wie der Tropfen Tau

Wo ich bin

Meine erste Nessel
stand zwischen Tulpen.

Ferner Salbei reinigt uns
und die Holzsplitter.

Unkraut wächst allein,
so wie wir es tun.

Und im Friedhofskompost
blüht ein Hochzeitsstrauß

für alle Kinder

Motte und Eisbär

Die sorgende Mutter auf Deiner Jacke
hört hin, wenn Du sagst, wie's Dir
geht, und versucht mit Dir die Träume
Deiner letzten Verpuppung zu erinnern.
Einmal verließ sie den Schrank und
kam wieder. Sie erzählte: Es war
ein voller Erfolg. Alle haben geklatscht

Mittelpunkt der Erde

An manchen Tagen schlägst Du besser Wurzeln
als an anderen. Es sind die Tage des Umzugs,
des Aufbruchs und Verlassens. Der Mittelpunkt
bleibt, wo er ist. Bei mir lag er gestern auf der linken
Schulter. Ich dachte, etwas Schweres zu tragen. Aber
mich tippte der gute Bauarbeiter an und sagte:
Lieber, die Schichten aus Beton sind einfach zu
durchwachsen. Auch Nifa, Sial und Sima, kein
Problem. Vulkanische Lava und Mauern auch nicht

Indien

Von Unfällen und Unglücken erinnere ich nichts
auf Anfrage, wozu? Mein Körper verschiebt sich
in alle Himmelsrichtungen einer Kindheit im Sand.
Jeden Tag fang ich mit einem Staunen an, wie sich
alles ineinanderränkt – Wirbelchen, Efeu, Staub
und eben noch der helle Schatten einer Atemwolke,
in der ich eine Gruppe blauer Vögel auf Durchreise
beobachten konnte. So still war's. Ansonsten ist Zeit
für mich etwa so, wie wenn Pinienzapfen platzen

Amsel und Biene

Die Amsel im Weidenzaun
ist mein Erstleser. Von ihr
hab' ich die Worte. Wer ein
Nest baut, lässt Lücken, in
die sich die Kinder kuscheln
können, wenn ein Sturm kommt.
Was niemanden weiterbringt,
davon weiß die Amsel nichts.
Sie ist der klügste Mensch,
den ich kenne. Von der
Milchstraße hat sie mich
hierhergebracht. Sie hat
eine Biene als Freundin,
die aus Gedankenstaub
Honig macht, der heilt

Zum Geburtstag

Schönen guten Morgen,
Liebe, ein neuer Tag,
Du bist da, und wieder
etwas schöner als gestern noch

Das Kind der letzten Schwalbe

Hier wird Laub,
wird nichts entfernt.

Das Kind der letzten Schwalbe
bleibt bei uns unter dem Dach.

Ich sammle für das Kind im Buch des Sommers
Spuren, die es mit seinem Schatten malt.

Unser aller Sehnsucht bemerkt übergebliebene
Thermik, weil längst ein anderer Himmel ist.

Ihr sprecht nur nicht davon, und das bedeutet,
dass Wörter von Natur aus nichts verschleiern.

Und Dank an die Alten für alles, was ist

Das grüne Haus

Wir sind jung und der Nachklang im Gebälk
kam spät. Aber die Erinnerung und noch etwas
anderes wusste uns zuzudecken.

Das beschneite Dachfenster wusste mehr
als jedes Pfeifen, das ich hören konnte.
Vertrauensvoll lagen wir auf der Couch.

Die Sonne, unser Vater mit dem sanften Blick,
rief uns von überall etwas zu, zum Beispiel,
dass alle Bilder, die wir uns von ihm machten, okay sind

Plastikflaschen

Als sie ihn vor die Tür setzten,
wuchsen in der Besucherritze
auf der Parkbank zwei Bäume.
Zuvor versöhnte er sich mit allen.
Die Spatzen hielten ihr Versprechen.
Schließlich bat er noch die Hummeln
am Horizont und die Feuerameisen
im Wald um Verständnis und begann
ein neues Haus zu bauen aus Apfelkernen,
die er noch in der Hosentasche hatte vom
letzten Tag, als er erschaffen wurde

Johannes

Du bringst uns Vergebung bei, liebster Freund,
nichts, das uns trennen kann, kein Gefängnis.

Wenn ich irgendwo einen Schädel betrachte,
lausche ich manchmal Deinem gutmütigen Lächeln.

Deine Hände sind schön. Die Tauben, die Du segeln ließest,
mit Dingen im Schnabel, sind echte Geschenke.

Sei willkommen. Unsere Tempel sind überall,
und Brennesseln schützen sie und Himbeersträucher.

Wenn ich wütend bin, darf ich fröhlich sein,
zwischendurch Deine Umarmung zu fühlen.

Unter den Bäumen fließt keine Träne mehr
in trockene Bäche, sondern sprudelt mit der Quelle.

Im Traum sitzen wir manchmal zu sechst am Ufer
auf der Schaukel und erzählen uns Geschichten.

Und noch viel mehr sind wir, so wie die Erde,
die keinen ausschließt, weil wir das sind

Arche

Es war so: Der Bergmann wurde gefeuert, er wollte bleiben,
so war's Brauch. Den Erzähler unterbrach man, verband ihm
den Mund und setzte ihn an den Rand. Dort fand die Hochzeit
statt, und die neue Mitte wuchs fort. Ein Hoch aus Südfrankreich
suchte ein anderes Wort für traurig. Mein Großvater starb angeblich
an Altersschwäche, nicht im roten Mohn. Alle Vermissten im Meer
haben ihre Name nicht verloren. Wir rufen sie, kritzeln sie in den Sand
und in Schnee. Über manche erzählt man sich, der Pappus der Korbblüter,
die auf der Schwelle wachsen, zeigen an, dass alles wiederkehrt, um gemeinsam
ein neues Boot zu bauen und Wahrheiten zu sagen. Unsere Reise führt zu Dir,
zu uns selbst. Die Arche bist Du, und ich sehe den Regenbogen leuchten in
Deinem Herzen. Manchmal spannen sich Farben von mir zu Dir. Dahinten
kommt übrigens eine Taube mit einem Fuchs im Schnabel. Er ruft: Geliebte,
Ihr habt mich wohl vergessen. Bitte, wir lebten doch weiter im Gestein

Die letzte Schwalbe

Manchmal mache ich Pause. Vier Winter lang
hatte ich im Unterricht heimlich Rippen geschnitzt.
Anders ging's nicht mit dem Fliegen. Die Späne
sammelten Rosa und ich gemeinsam auf und legten
sie aus im Hof, die Bilder veränderten sich stündlich.
Es gibt einfach so viele Geschichten zu erzählen, und
Ana kannte so viele davon. Die Schwalbe kam
schon bei ihrem ersten Flugversuch pünktlich und
holte alle Lügen ab vor der Nacht. Aus Trotz fror ich nie
in diesen Jahren. Nur hinterher wären wir fast vereist,
wegen Menschen, die uns liebten. Eva trug ich Huckepack
durch Pfützen und bat sie um Vergebung. Unser Abkapseln
war das Bewahren von Erinnerung, so wie die neuen
Schwalbennester vor Fabios Zimmer. Der Speichel
der Schwalben hält die Welt zusammen, obwohl
es anders kam, auch unsere verlorenen Stunden,
außerhalb der unendlichen Geschichte, die ins
Holz vom Kreuz geritzt waren: Wir, las ich,
zu den Freunden gehörend. Im Frühjahr bügelten wir
uns Flügel aus Baumwolle und flogen nicht, sondern
bauten eine Scheune für die Schwalben. Wir verstanden uns gut,
vergaßen zuweilen im Traum die Vokabeln für Herz und Stille.
Wie sollten wir in den Prüfungen vermitteln, dass es sich
bei der Metamorphose um Geräusche handelte und wir deshalb
die Musiklehrerin bräuchten. Nun gehen wir weiter,
gemeinsam, und dürfen all das vor uns sehen,
alle Sommer, die uns die Schwalbe zeigt. Sie rupft sich
eine Feder aus: Hier, damit ihr nicht friert, wenn es kalt ist

So fühlt es sich an

Leuchtende Dauer,
Heilmittel unserer Urgroßeltern,
schönster Tag im Leben,
wie die Geburt von Delfinen.
Milde Salzböen beim Striegeln
eines weißen Pferds, alles
anzunehmen, was passiert,
wütend sein, wie Affen,
Vorfahren, die Gefühle zeigen

Engel in unserer alten Stadtwohnung

Sie wohnt sehr schön, und zwar auf den Mooskissen
auf der Fensterbank, wo Tulpen blühen. Nach vorne raus
hält sie sich auf, um wegzugehen, wenn etwas passiert,
was in ihrem Land nichts Schlimmes ist, selbst wenn sie
sich an seinem Geburtstag für immer verabschiedet,
um bei sich anzukommen. Und dieses letzte Geschenk ist
ehrlich gesagt das Schönste, nämlich auch eine Ahnung,
dass ein Herz zerspringt, wie bei der Froschkönigin.

Ihre Stimme klang beim letzten Telefonat kaum lauter als
die Stille. Er freut sich, dass sie die Tür irgendwann wieder
öffnen wird für Andere, und lässt sich von seinem besten
Freund, dem Pottwal, durch die allerletzten Pfützen tragen.
Steine räumen sie nicht aus dem Weg, sondern reden miteinander.
Sie danken ihnen und dem Regen, weil sie sie erkennen. Die Säule
über der Wohnung ist verschwunden, das Fleckchen auf ihrem Fuß
noch nicht. Vielleicht birgt's, was sie sich ersehnt, seit sie da ist

Gedicht

Urteile können nicht dichten,
ansonsten alles, was ersetzbar ist.
Alle Bücher sind wie Torf oder Bäume.
So ist es auch mit dem roten Buch.
Selbst der letzte Pinienkern auf Erden
wird es noch offenbaren, wie ein Punkt
am Ende von Sätzen in Groschenromanen.
Gedichte fallen hin und verletzen sich,
aber heilen, wie eine Salbe aus Schnee,
und werden Tausende von Jahren alt.
Sie erneuern sich, wenn ein Kind
geboren wird. Was sonst noch
fürs Gedichtemachen spricht:
Auch die Schwammfunktion
von altem Humus speichert derzeit
kaum noch. Die Pflänzchen verstehen
das zum Glück rasch. Denn sie wissen was
davon, Dauer zu verleihen. Wenn Gedichte
ruhen und keinen Verleger finden,
freue ich mich über die Träume von den
neuen Landschaften, durch die ich gehe.
Meine Großmütter sind übrigens auch
ein Gedicht. Sie haben alles, Stille,
Schönheit und mehr. Ich würde mal
sagen, auch das Beste, das es derzeit gibt

Schnaps und Licht

Früher hielten sie Vorträge über Wolken,
jetzt lagern Schnapsflaschen im Keller,
in denen Alkohol altes Wissen speichert.
Mein Großvater gesundete noch daran.
Seine letzte Träne war die Familiengeschichte.
Dann verwandelten sich Wolken zu Löwenköpfen,
knüpften aus Schneewehen Teppiche mit Einhörnern
und führten ihn zu dreiblättrigen Lilien. Es gibt
sie millionenfach. Bei seiner Ankunft ließ er alles
fallen und führte Buch. Sogar ohne Leser bleibt
seine Schrift voller Liebe. Er verschickt Papiere
in den tausend Namen des Christkinds, und natürlich
gibt's ihn noch. Bis vor kurzem waren nur zwei, drei
Tropfen in den Schnapsflaschen. Jetzt füllen sie sich,
und nach siebenhundert Jahren blüht der Lorbeer
wieder vorm Haus, und eine Amsel baut ihr Nest

Dieses Jahr im Sommer

Mein erster Sommer begann im Beton, eine Leihgabe
der Schnellstraße. Außer von Katzenzungen ließ ich mir

nichts sagen. Ich war umgeben von Goldrouten,
ewignassen Hundespuren und zwei sich nähernden

Kirschbäumen. Würmer brachte ich vorsichtig in den
Kompost. Vorher bedankte ich mich automatisch,

auch bei den Fischen der Ruhe. Damals flogen die
Schwalben so hoch, weil sich das Licht fast komplett

verdunkelte und sichtbar wurde, als Hunger nach Stille.
Das Knattern der Düsenjets waren für mich Paukenschläge.

Deshalb hab' ich vor Soldaten nie Angst. In ihren Anzügen
seh' ich das Land der Mitte, die Farben der Mutter.

Nun versammeln wir uns auf einem Berg und rufen alle Kinder
aus dem Norden, Osten, Süden und Westen zusammen.

Unsere Verschwörung lautet: Lieben, lernen und wachsen

Wunschzettel

Treue, gegenüber den Dingen,
Menschen, Tieren, was ich fühle,
übergeblieben hoppeln wir voraus
und sind längst alle da.

Wieso sollte ein Floh
keinen Schutzengel haben?

Es handelt sich um Tatsachen.

Futterstellen für Wildbienen.

Leichtigkeit, weil niemand Dich verlassen kann

Kirmes

Mit jedem Trommelschlag verliert der Himmel
ein weiteres Blatt Papier der endlosen Schrift.
Mit jedem Buchstaben landet eine Libelle auf dem Wasser.
Niemand stirbt, sondern tut eine Reise. Es kracht auch nicht.
Und wenn die Posaunen schallen, dann aus Liebe. Im Stillen
passiert etwas, das wir zu selten weitersagen.

Wird Papier nass, quillt es auf, wird weich und zu Brei,
der trocknet. Es ist wie mit der Erde. Stechschritte tun ihr
weh, also Bohrungen. Wenn ich dann weine, ist es natürlich.
Und die Erde tröstet mich wieder mit bleichem Gras oder
Blätterwirbeln im Herbst. Wir wissen in jedem Marsch die Bluenotes
und Soulgesänge herauszuhören. Und Flötenspiel mögen wir gerne

Elf

Die zugeklappten Stunden hinterlassen den Schatten
ihrer Falz, als Spielfeld, mitten auf unserem Hof, Deinem
Schoß, in dem morgens die Sonne aufgeht, als Traube im Wind,
wo wir einschlafen, wenn es Nacht wird, und träumen.

Schau, die Füße der Wasserläufer auf der Pfütze, größer
als wir, da, neben der Tür, als Schutzschicht um die Kiesel,
dort heller wie noch was und bis wir sie hervorkramen.
Und dann verfärbt sich unser Spiel täglich bis ins Abendrot.

Das Gras streichelt das Gras, weil wenn der Ball ruht,
ist die Erinnerung der Vergebung am nächsten, weil
unter unseren Kissen das Steinchen wärmer wird. Es dient
uns als sichereren Pfosten, als Weinberg und Weltpokal.

Somit umweht uns die Gewissheit, wach zu bleiben.
Wir sind viel mehr als elf, gerade weil die Verletzten mittun.
Der Pasch passt gut zu uns. Denn wir nutzen noch jede Chance
und pflanzen Palmen, solang uns Zauberwörter bleiben wie, und

Das Meer kommt zurück

Mit der Grenzenlosigkeit
löst sich der Wald in uns auf.
Zuerst die Nordseekiefern,
als gelte es, jede Erinnerung
an die einstige Brandung
zu tilgen, aus Angst, das Meer
würde wiederkommen, mit etwas
anderem als Wasser.

Dann ist da feiner Sand
für unsere Siebchen.
Noch stoßen Maulwürfe
sich die Köpfe und mit ihnen
die Regenwürmer und Indianer.
Doch der Löwenzahn hört
ihr Klopfen. Und Jedis
sind keine Erfindung mehr

Ein Ersatzspieler und eine Frau unter einem spanischen Zitronenbaum

Freude beim Anblick vom Teambus, als führe die Wirklichkeit
mit leisem Motor an Dir vorbei. Du möchtest draußen kein Meister sein,
sondern solange vom Sieg träumen, bis es keine Verlierer mehr gibt.

So soll es sein mit Deinen Bloßfüßen, Deinem hellfarbenen Heimtrikot.
Im blauen Mohn sammelst Du Tröten ein, die keinen Laut mehr machen.
Und Du pustest den Trichter sauber, weil das Schreien liegt Dir nicht.

Woher der Zitronenbaum sowas weiß? Zwei Unterschriften auf dem Ball
stammen von Dir. Du erkennst die Abstammung der Formen.
Bis auf ein paar Ausnahmen gleichen sie Deinem Ruhepuls.

Die übrigen Karten für das Finale hast Du einer Frau geschenkt.
Die ganze Zeit blieb sie bei Dir. Bald ist das Spiel vorbei, und das
erlösende Tor wird von keinem allein geschossen worden sein.

Das Echo der Pfeife klingt bereits vor dem Schlusspfiff. Das Runde liebt
das Eckige sehr und umgekehrt, und ein Ersatzspieler wie ich, ist
unverkäuflich und dankbar, dass er überhaupt dabei sein darf

Gangster

Wenn Euch etwas fehlt,
denkt an die Nächte der Gangster,
die sanft sind, in denen Frieden herrscht
für zwei Quadratmeter in einem Keller.

Die Zukunft ist nie ein Resultat,
sondern der Schatten, der in den Wald
gegangen ist, ohne einen Zettel zu hinterlassen.

Alles ist gut

Wasser für eine Freundin

Wasser fließt von selbst hier.
Es gibt einen höchsten Berg,
der sich nicht messen lässt.
Die Quellen dort sind stark,
das erzählte mir der Rhein,
als ich anfing zu taumeln.
Du fingst mich auf und vergaßt
für einen Moment, dass Du
Dich selber damit meintest.
Dieses Jahr wirst Du wieder
in kalklosem Wasser baden
und mit Geistern arbeiten lernen

Heckengeschichten

Genau dort, an dieser Hecke
aus dem Kinderbild, erinnere Dich
über Jahre hinweg an die Lehne
des Luftwerks. Du teilst sie mit denen,
die bleiben und Dir vom Familienatem
erzählen, der frei ist und tröstend.

Du legst Dir nichts um, außer der
warmen Pferdedecke, und schaust,
wie im Regenguss ein friedliches
Indianerland entsteht, wo alles aus
Dankbarkeit geschieht, auch die
Ruhezimmer im elektrischen Sturm.

Zu Beten gelernt hast Du auf dem
Fußballplatz von englischen Zwillingen,
Söhnen von Soldaten, und der Verkäuferin
im Supermarkt. Du hast die Hostien
angenommen und schmecktest nix.
Kommunion heißt, die Sonne fühlen.

Hier darfst Du hören, wie die Käfer ihre
Flügel falten. Und da: Eine Fliege
im Netz. Sie ist auch eine Pharaonin,
die es verdient, dass ein Forscherteam
aufbricht, um eine weitere Geschichte
aus der Nacht herbeizuflüstern

Das Leben der Bäume

Die Bäume wollen unser Bestes. Ich hab's gesehen.
Ihre Krankheit unter der Rinde ist bloß ein Spiel,
das Harz, versteckt unter ihrer Zunge, wirkt heilsam.

All das sind wahre Fragen, auf die Ihr sie fällt. Natürlich
schweigen wir oft. Und stehen stumm dabei, nicht ohne
ein Abschiedslied zu summen und alles zu akzeptieren.

So pflanzen wir neue Bäume, sammeln Staubtränen mit Händen,
wie die Käfer mit ihren Fühlern, und nächstes Jahr gibt's frische Beeren.
Denn unsichtbar im Vertrauen und auf ein Leuchten stiefelten wir los.

In Euren Straßen wirbeln Asche und Dreck, um verwandelt zu werden.
Wir tun, was wir können, und gehen gemeinsam hindurch. Es sieht nach wie
vor aus wie Heimkehr. Das ist es, was Ihr manchmal Abkapseln nennt?

All das erzählte der Käfer und dass wir ohne sie nicht atmeten.
Auch er nicht. Nun sollte ich seinen Bauch berühren. Er wandt sich dazu
auf den Rücken. Sein Atem ging ohne Schmerzen mit meinem.

Wenn kein Mensch mehr ist, denkst Du, Du kannst Dir dann vergeben?
Ich hab' vergessen, wer Du bist, aber weiß, wer Ihr sein werdet.
Nichts hält mich zurück, im Wind der Bäume gehen wir weiter

Spaziergang mit einem Freund

Was ein schöner Schnauzbart, mein Freund, der Romane schrieb
mit offenem Ende. Damit wir die Hoffnung niemals verlieren.
Deshalb überließ ich meinen Freunden alle Bücher von ihm.
Wenn es weh tut, liegt es an den Worten. Aber nur, weil wir sie alleine
lassen, damit sie uns gleichen. Seine Trümmerwerksbeschreibungen bedeuten
heute, dass nichts mehr zerstört werden braucht, sondern dass alles da ist.
Frohen Mutes stand ein Haus im Garten. Dort verbrachte er wohl seine
nie unfreundlichen Stunden und schenkte seinen Blick der Makrele jenen
Dingen und Menschen. Er wusste, dass es nichts zu besitzen gab, bloß
Schauen und Hören. Ich traf ihn nie in seinem Körper. Trotzdem begleitete
er mich während meiner Diplomarbeit vor dem Aufwachen die Grachten entlang.
Ich mit Gummistiefeln im Acker, er auf hautdünnem Eis, damit ich nicht fror,
wegen Schmerzensspuren von Resten alter Sprachen in der Luft. Als ich ihn
fotografierte an seinem Geburtstag, blieben noch zweihundertsiebenundzwanzig Tage
bis zum Jahresende, und im siebten Monat am Zweiundzwanzigsten feierten wir jedes
Jahr den Namenstag unserer Großmutter aus Magdala in Israel, ohne die es uns beide
nicht gäbe. Die Erinnerung glich einem Feuerwerk aus Dankbarkeit. Sein Adieu hallt
um die Ecken, es klingt von Herzen, wie die Rose, seine Mutter, und er sagte zu mir:
Wenn Du schreibst und wenn Du Lehrer wirst, sag', dass die Kinder schreiben dürfen,
weil sie fröhlich sind, von schönen Dingen. Der Mondstein gehört jetzt Dir, sagte er.
Und während ich dies schreibe, kommt ein Allgäuer Murmeltier und setzt sich nieder

Traumberuf

Wie ein Faden ist etwas sorgsam um unseren Stammbaum gewickelt,
eine Hängebuche, die in der Einfahrt auf dem Grundstück unserer
Nachbarn steht. Sie umsorgen die Buche sehr. Der Faden hat kein Ende
und keinen Anfang, auch der Baum ist so, und das Herz unserer Nachbarn.

Wenn nichts ansteht, ist mein Platz meistens der Ast. Die Schaukel hängt
tief genug, damit alle, die ich lieb hab', mich sehen können. Vor allem
hören mir die Buchfinken und Zaunkönige zu. Aber es ist wie überall,
sie verschwinden, wenn man sich mit bewusstlosen Absichten nähert.

Ich hab' Becher und Faden, kein Telefon. Die Leitung reicht um die ganze Welt
und ins ganze Universum. Ich bin ein schlechter Leser. Aber ich kann zuhören.
Wenn ich ein wahres Wort sehe, komme ich wieder. Deshalb bleibe ich.
Das Augenproblem, das ich hab', ist ein Geschenk des Himmels an mich.

Ich schließe die Augen zur Musik wie meine Cousine mütterlicherseits
und habe das Ballgefühl wie mein Großvater. Was andere über mich sagen,
betrifft sie oft noch selbst. Ansonsten hab' ich meinen Traumberuf gefunden,
eine Arbeit mit Menschen und die Frieden stiftet, wenn Sanduhren explodieren

Flussbett

Ah, den Bach kannte ich
aus dem Grenzwald.
Als Rapper ging ich oft
dorthin. Obschon das Wasser
längst woanders floss.
Trotzdem war's wichtig,
die allerletzten Tropfen
hinüberzuretten.

So kamen im Frühjahr
auch noch vereinzelt
Frösche zurück. Sie laichten
nicht und hatten so Zeit,
mir mit den unreinen
Reimen zu helfen. Sie
hopsten auf meine Hand. Und
ich trug sie über die Straße.

Gegen unser Heimweh half
nichts. Du bist zu lieb, sagten
andere Rapper. Aber ich sah
auch ihre ahnungsvollen Posen.
Bei meinem letzten Konzert
lief's gut. Ich betete für meinen
DJ und erreichte das Publikum
unterhalb der Angstschwelle.

Vom Bach sprach ich bloß
ein wenig und alle sangen mit.
So hatten's mir die Frösche
damals prophezeit, als
alles vertrocknet war und
ich ihre Körper ins Flussbett
legte. Kurz darauf sah ich,
wie sie als Fledermäuse grün
leuchtend davonflogen

Fliegen

Die neugeborene Fliege wirft in ihrer Landung
den durchsichtigen Mantel übers Haus. Der Panzer
beginnt zu leuchten für ihr Ein-Tages-Abenteuer.
Als wäre meine Beobachtung nur Quatsch, hebt sie ab
in die Wende meines Atems. Sie kümmert sich um den
unendlichen Frieden und räumt auf. Ums Gleichgewicht
weiß sie und leckt am Rübensirup. Eben, vor dem Einschlafen,
fiel sie mir wieder ein, und ich erinnerte mich, wie wir
vor Jahren mit den ersten Tropfen auf eine ewige Straße fielen,
wo der Randstreifen sich als neue Erde herausstellte

Tisch

Der Tisch lebt noch, packe ich meine Sachen aus, wendet sich sein Holz.
Seine Wärme ist bedeutsam, wenn ich meine Hände in Abständen ablege.
Alles, was hineingeritzt ist, sorgt dafür, dass ich lernen darf, was es heißt
wiederzukommen, ohne es auszusprechen, was bedeutet, da zu sein.
Trotzdem trage ich die roten Socken, die mir eine Bäckerin gestrickt hat,
heimlich, vor dem Fernseher, damit ich nicht friere bei meiner Arbeit.
Mein Tisch schläft im Stehen, müde ist er deshalb nicht, ich bemühe
mich redlich um seine Sprache, das Knistern des Waldes und folge
seinen Schritten. Seine Augen waren einst voller Blut und ausgeritzt.
Deshalb erkannten wir uns blind am Zuckerfest. Die Freundschaft zwischen
uns ist unzertrennlich, und wir lieben es, nicht aneinander denken zu müssen,
uns voneinander zu entfernen. So selbstverständlich läuft das bei uns

Fastnacht

Der Indianer war ich wirklich, und ich liebte
die Kindergärtnerin, die in der Fastenzeit
Mirabellenkerne lutschte, weil sie uns
so im Ententanz die Waffen vergessen ließ.

Von wem hatte sie gelernt, dass die Historie
über uns, Cowboys oder Prinzessinnen, sich offenbart,
wenn wir über die Schmerzen sprechen? Nachts wurde
in der Bastelecke alles hell, tagsüber schien die Sonne.

Es geht nicht um Wiedergutmachung, sondern ums
Anpacken. Das und der Zusammenklang von Instrumenten,
Blockflöten, Klangstäbe, Grashalme und Kaktuskerne,
war unsere wahre Geschichte von allen Tagen.

So vertrieben wir böse Geister, indem wir sie umarmten,
wenn's erwünscht war, und sie zum Tanz einluden,
auch wenn wir manchmal einsam waren auf dem Parkett
und Knöpfe verteilten, damit wir am Wochenende nicht auffielen.

Mit den alten Klamotten aus dem Karton halfen wir uns
gegenseitig beim Erinnern. In einer roten Nase fand ich übrigens
einmal einen Mirabellenkern, dem ein Spross entsprungen war.
Wir pflanzten ihn im Foyer, und unsere ersten Vokale schallten

In den Wechselzimmern sind unsere Farben stets verschieden, auch die Rhythmen, die das Stöckchen schlägt. Trotzdem tragen wir dieselben Pantoffeln, ohne Langeweile. Der Stoff erneuert sich beim Laufen im Wind, fort und fort. Unsere Sehnsucht nach Neuem und Glück erfüllt sich Weiche um Weiche, und mit jedem Irrtum machen wir uns schöner. Auf der einen Seite haben wir eine Schulter zum Anlehnen, auf der anderen tragen wir Krüge mit Wasserfarben umher, die unsere Großmutter immer wieder nachfüllt. Sie wiegen nichts. Auch Zauberfeigen verteilen wir. So wie die Farben helfen sie bei Schmerzen. Vielfalt bedeutet in diesem Zusammenhang übrigens: Irgendwas anzunehmen verwirklicht sich im Geben, sonst hieß es doch nicht Leben. Nebenwirkungen sind somit auch nichts als Steine mit Herz. Eselsohren tauchen da auf, um an Seiten aus dem Heft für Vergesslichkeiten zu erinnern und wo wir unsere Lektüre unterbrochen haben beziehungsweise aufgehört haben, die Geschichte weiterzuschreiben.

So fährt der Zug nach Nirgendwo, und wir joggen mit unseren Pantoffeln manchmal nebenher, lauschend und die üppige Landschaft hegend. Natürlich wird jede Sekunde die Stelle passiert, wo die Schienen wieder zusammenlaufen. In den Abteilen sorgt das für Unruhe, so wie in jenen Tagen, als ungeheuer viele Wunder geschahen. Es gibt derzeit allerdings kein Geheimnis, das wir verraten könnten. Aber wir verteilen Prospekte über die Landschaft draußen und schielen auf die staubigen Flügel an den Pantoffelversen. Der Schaffner fragt nicht nach Tickets, sondern andere Dinge. Er möchte sanft sein, weil manche in ihren Sitzen noch schlafen. Darum flüstert er, etwa: Wie duftet eine Sekunde? Wer sorgt für die Symmetrie der Schmetterlinge im Lavendel draußen vor dem Fenster? Kennt jemand das Märchen vom Fuchs und dem Einhorn, die einen Jungen nach Hause bringen? Wer hat Lust auf menschliche Kräuter? Wer erfindet das Wasser, das den durstigen Fluss tränkt? Ist eine Blattlaus in Wahrheit überhaupt ein kleines Tier? Haben Sie auch schon gewusst, dass Liebe politisch ist? Wussten Sie, dass Sie eine schöne Antwort sind

Vom Fuchs und dem Einhorn

Gäbe ich die Hoffnung auf, sähe ich die Weite nicht,
in der sich das neue Dorf gründet, sagte der Fuchs.
Lebte ich nicht aus der Tiefe, würde der Brunnen
verdursten, aus dem ich das Wasser trinke, sagte
das Einhorn. Hätten wir uns nicht lieb, wäre das
Licht keineswegs erloschen, und doch würde uns
dieses Andere fehlen, dieses Kleine, sagten beide,
als sie einen Jungen wieder nach Hause brachten

Schwimmen

Manchmal durchquere ich den Ärmelkanal,
um übergebliebenen Kies anzuschauen und
mich zu bedanken für die Lehrstunden im
Schwimmunterricht. Auch wenn sie brutal
waren bis auf das Lakritz, das mir die Putzfrau
gab. Sie wusste, ich konnte längst schwimmen,
aber es ging nicht, wenn mich der Lehrer daran
hinderte. Irgendwann starb er vor seinen Bienen.
Ich hätte ihm gerne meine Angst beschrieben,
von den Augen unter Wasser erzählt, dem Spatenstich,
den Spuren im Schotter, gezeigt, wie ich einen Ring
aus dem Tiefen hole, ihn eingeladen zur Hochzeit
der Mücken an jenem Abend über dem Ostseebad,
als ich zur Boje schwamm und einen Delfin traf

Sorge

Hätte unser Erklären mehr Herz, wären die Worte
nicht allein wörtlich, zum Beispiel, wie kann
jemandem ein Haus zuviel sein, das leer steht?

Ich bitte Dich, nichts Spitzes, nichts Schweres
zu hinterlassen, so fällt Deinen Freunden, die
Du verlassen musstest, das Fallen leichter.

Das heißt auch, sich bei der Hummel von eben
zu bedanken, ihr Deinen Finger hinzuhalten, weil sie
Dir etliches voraus hat, etwa die Blütenperspektive.

Wenn Du genug hast, mach ein Päuschen. Sorge
Dich um Dich. Mal Dich auf ein weißes Blatt Papier,
wie Du Dich noch nie erdacht hast. Es wird schon

Für einen Hund

Das hier ist für Dich, wenn Du nicht gestreichelt werden möchtest.
Deine schwarz-weiße Sicht der Dinge ist in Wahrheit unser Lichtblick.
Nichts bleibt Dir unverwandelt, so genügsam glänzen Deine Genauigkeit
und Wiederholungswünsche, Dein Fell im Fluss. Du machst Dir alle
Winkel im Dorf vertraut, auch wenn manches nach falscher Heimat riecht.
Und wie haargenau Du im Frühjahr die kommende Pilzsaison voraussagst.
Du musst wissen, wie es unter der Erde aussieht. Wenn ich Dich rufe, kommst
Du und verschwindest. Du weißt mehr über mich und erzählst mir davon. Und
nachts wachst Du über meinen Schlaf. Niemals möchte ich Dein Herrchen sein

Wolfskinder

Unser Bruder fühlt sich warm an. Er verkleidete sich
vor achthundert Jahren als friedlicher Wolf. Mit seinem
Alabasternamen blieb ihm nichts anderes übrig. Gestern
dichtete er uns eine Wahrheit zurück bis zum Satz: Lasst uns
Menschen machen. Alle seien damit gemeint, ausnahmslos.
Ich erinnerte mich daran im November, neben Dir liegend
im von den Wurzeln einer Schwarzkiefer gesegneten Keller,
als mein Mund Deiner wurde für ein Weilchen, mein Herz Deines.
Deshalb musste ich ganz nackt sein, trotz Kühle und Qualen,
alle Türen aufreißen und einen Tisch bauen, sonst wär's
übel ausgegangen. Jemand sah mich und sagte: Es reicht jetzt.
Ich lächelte dankbar und bejahte im Stillen. Ich war gewiss,
dass irgendwo auf der Welt zwei junge Bäume gepflanzt waren

Mein Kindheitsdorf

In Arkadien kenne ich mich nicht aus,
weil in meinem Kindheitsdorf schon
jeder Ast einen Steg ins Weißwasser
der Nordsee bietet. Egal, wie lange
Ebbe ist und wie weit der Marsch,
bis meine Füße das Meer berühren,
die Salzkruste auf der Haut bleibt,
ebenso der Geruch von Bananenkisten,
das Knistern feiner Sandstürme am Strand
und die Narben alter Kratzstreifen
auf dem Rücken, die, wenn Du das liest,
weg sind, auch die Einsiedler. Viele
in meinem Dorf sind weich und warm.
Mein Urgroßonkel zum Beispiel
fertigte aus Bäumen Schuhe und
betete mit zwei Heckenrosen für Leute
mit Kopfschmerzen. Das Gute ist, um
mein Dorf zu kennen, braucht's keine
Hausgeburt in seinen Straßen, ein Weggehen
oder eine Reise in den Süden genügen,
und seien es bloß zwei, drei Schritte,
ein Brief oder der Gedanke daran

Spatzen

In der englischen Siedlung am Niederrhein sprechen ein paar Spatzen
noch Okzitanisch. Sie fliegen einzeln oder in Paaren. Mit dem Abriss
der ersten Hochhäuser im Legoland verschwanden ihre alten Flugwege.
Zuerst waren die Spatzen sauer. Denn wer fühlt sich schon heimisch,
wenn einem die Nacht geliehen vorkommt? Bis die Insel unter dem Meer es
in den Religionsunterricht schafft, ist's allerdings noch ein Schrittchen,
und natürlicherweise ist es nicht bloß leicht, das Unsagbare auszusprechen,
wenn Du Dich versteckst und nichts mehr von der Stille wissen möchtest,
aus der die Spatzen ihr Pfeifen picken und Dich bemerken

Die Enten und das Bandoneon

Der Flug der Enten wird rascher über dem Fluß zwischen den Fichten.
Ihr Rhythmus beginnt beim Aufbruch. In ihrem Gefieder erkenne
ich das blassgrüne Einauge. Die Landung in Eurem Garten auf der Wiese
bei dem roten Pfirsich. Wo sonst sollte ich zur Ruhe kommen, wenn nicht
in einem Tempel aus Traubenmatsch und Regentonnen, deren Löcher wir
stopften mit unserem Fürgesang aus uraltem Atem. So lässt sich jedes Muss
von damals noch heute brechen, egal ob im Supermarkt oder während
freundlicher Schweigetage im ägyptischen Sand. Und erzähltest Du nicht,
das klingende Auge ist eine Traube? Und die Ente, die Du warst, jener
Zuhörvogel, der nicht untertauchen wollte, als die anderen es taten, konnte
sie nicht aus der Luft Lieder knöpfen, etwa. Einmal kommt der Tag, wo Du
weiterziehst und die Traurigkeit in Deinen Augen Freude gewesen sein wird

Stille Tage, stille Nächte

Die Gegend öffnet sich zusehends.
Deine Blicke treffen mich überall, innig
verlaufen unsere Kindheitsstraßen.

Leer ist's, und voll von Schönheit
warten bunte Stoffe, Worte, Sandberge,
Kräutersamen und Lichtfasern auf uns.

Mit meinem Splitter meißle ich was in
Pflastersteine und sing mein stilles Lied,
wenn irgendwo ein Hammer schlägt.

Zuweilen duften Tränen nach Aufbruch.
Bleiben aber ist unser Zurückkehren

Nachricht

Die Zeit kehrt wieder. Ja, ich bleibe da.
Such' mich nicht hier, wenn Du kommst,
sondern daheim, wo alles gut ist, bei Dir

Sebastian Polmans, 1982 in Mönchengladbach/Neuwerk geboren; geistes- und musikwissenschaftliches Studium in Siegen, Hildesheim und Rom. U.a. sind von ihm erschienen der Roman »Junge« bei Suhrkamp und im dreizehn Kulturmagazin »Über Pina und warum Liebe alles heilen kann«, ein Essay über das Tanztheater Wuppertal.

Lieferbare Radius-Bücher. Eine Auswahl

Peter Bichsel: Im Hafen von Bern im Frühling
Peter Bichsel: Möchten Sie Mozart gewesen sein?
Karl Corino: Vademecum. Balladen über die Jugend in einer kleinen Stadt
Wolfgang Erk (Hg.): Neues Jahr – neues Glück!
  Literarische Texte zum Geburtstag und zur Jahreswende
Wolfgang Erk (Hg.): Viele gute Wünsche. Literarische Annährungen
Richard Exner: Gedichte 1953-1991
Richard Exner: Ufer. Gedichte 1996-2003
Marcell Feldberg: In der Gleiswildnis. Hölderlins Coffer
Marcell Feldberg: Mandelblüte und Jakobsschatten. Werktage – Nachtstücke
Marcell Feldberg: Spiegelungen. Archiv der Bilder I – CIV
Marcell Feldberg: Sprache der Gräser. Strophen, Anspielungen, Faszikel
Hannah Green: Ich hab dir nie einen Rosengarten versprochen
Peter Härtling: Fenstergedichte
Peter Härtling: kommen – gehen – bleiben. Gedichte
Peter Härtling: Meine 75 Gedichte und zehn neue
Peter Härtling: Schattenwürfe. Gedichte 2005
Gisela und Ulrich Häussermann (Hg.): Frauengedichte der Welt
Walter Jens: Das A und das O. Die Apokalypse
Walter Jens: Die vier Evangelien
Walter Jens: Der Teufel lebt nicht mehr, mein Herr!
  Erdachte Monologe - Imaginäre Gespräche
Reiner Kunze: Bleibt nur die eigne Stirn. Ausgewählte Reden
Reiner Kunze/Mireille Gansel: Die Chausseen der Dichter
  Ein Zwiegespräch über Peter Huchel und die Poesie
Kurt Marti: DU. Rühmungen
Kurt Marti: geduld und revolte. die gedichte am rand
Kurt Marti: gott gerneklein. gedichte
Kurt Marti: Ungrund Liebe. Klagen, Wünsche, Lieder
Martin Scharpe/Wolfgang Erk (Hg.): Tag für Tag. Literarisches Geburtstagsbuch
Asta Scheib (Hg.): Atem der Erde. Lyrik zu den vier Jahreszeiten
Friedrich Schorlemmer (Hg.): Das soll Dir bleiben. Für morgens und abends
Fulbert Steffensky (Hg.): Ein seltsamer Freudenmonat
  24 Adventsgedichte und 24 Adventsgeschichten
Iwan S. Turgenjew: Mumu. Erzählung
Eva Zeller: Das unverschämte Glück. Neue Gedichte

Prospekte und Informationen beim